무등산 등에 업혀

소요유시선 03

'김현승문학상' 수상 기념 시선집

무등산 등에 업혀

朴烘元

soyoyou

이 시집은 고 박홍원 시인의 김현승문학상 수상을 기념한 '박홍원 시선집'입니다. 다형 김현승 선생의 추천으로 등단한 이래 40여 년간 시인은 250여 편의 시를 발표했고, 6권의 시집과 1권의 시전집을 출간하였는데, 그 중 88편을 골라 실었습니다.

이미 고인이 되어 직접 수상을 하지 못하였기에, 자녀분들이 직접 시를 골라 이 시집을 묶어 고인의 영정에 바칩니다.

> "절망과 도탄 속에서 허덕일 때 나를 구원해주었으며, 나로 하여금 삶의 의욕을 되찾게 하고 삶의 보람을 안겨주기도 했던 게 바로 시詩, 그것이었다. ……꿈과 더불어 살아온 내 인생이 꿈에서 해방될 때까지 시와 더불어 꿈꿀 것이다."

– 시인의 말 중

'김현승문학상'에 감사드립니다

19년째 된 하늘나라 박홍원 시인께 광주예총에서 '김현승문학상'을 주신다고 했을 때 자녀인 저는 많이 당황스럽고 미안한 마음이었습니다, 모든 상은 현재형의 좋은 작가들에게 주어져야 할 기회의 사다리요, 격려와 꿈이라고 생각했기 때문입니다.

지금 이 순간에도 청산의 꿈 바다를 항해하고 계실 박홍원 시인을 기리며 시집 출판까지 지원하여, 아버지의 견고한 고독을 함께 나눠주신 광주예총 관계자 여러분! 감사합니다. 시인 아버지를 청산에서도 고독하게 하지 말라는 뜻으로 새기며 돌아보겠습니다.

영호남의 경계를 넘어 시집 출간을 도와준, 아버지와도 인연 깊은 김진 작가와 소요-You 박윤희 대표께도 감사드립니다. 아울러 아버지의 피붙이 우리 가족들에게도 사랑을 보냅니다.

2020년 11월 끝날에

고故 박홍원 시인의 큰딸

박소영

차례

1부

2부

3부

1부

고행苦行

동구洞口 밖을 돌아가는 나의 꽃상여를
이만치서 바라보며 통곡하던, 어릴 적 꿈처럼,
내 안에 잡다雜多하게 얼크러진
의식意識의 숲을 헤치며 길을 찾는 나는,
어디쯤에 있는가.

체중이나 몸 부피로 수명壽命을 잴 수 없듯,
꽃 피고 잎 지고 느는 연륜年輪으로도
헤아리지 못하는 보람.
내가 여[戴]야 하는 하늘은 어디고
지금, 열에 몇 간이나 왔는가,
갔는가.

이제
깊은 숲속에선, 저 꿈에 듣던 요령搖鈴 소리
메아리져 돌아오는 통곡 소리
그리고
이름 모를 새소리와 물소리도 들린다.

아, 어릴 적 꿈의 의미는

단 한 번 필 연꽃 봉오리 그 밝은 찰나를 위해
헤어진 옷자락 나부끼며,
향일성 식물로 허허벌판에 서야 하는
오늘을 있게 하였다.

아니,
내일엔
굽이도는 강물에 뿌리히는 한 줌의 재일망정
오늘, 메마른 육신을 끌고 잡목밭을 헤치는
나는 지상을 버릴 수 없는 한 마리 산짐승,
뼛마디, 마디마다 꽃송이 벙을힐
그날은 언제인가.

밤

평범한 이웃들 잠들기를 기다려
새로이 열리는 하늘을 위해 눈 감을 때다.
어쩌면 소롯이 눈 뜰 때다.

문득 펼치히는 광야에는
온갖 교향交響하는 바람 소리 티끌을 몰아간 뒤
정지한 시간의 벽을 치고…….

내가 지녔던 것 잃은 슬픔보다
종요로운, 지금은 흘러버린 빛그늘을
불러들일 때,

황량한 지구의 난간에 야브롯이,
밑모를 심연深淵을 굽어 내 섰던 자리
거기, 이윽고 향기론 풀꽃이 난다는
경이驚異의 문이 열린다.

우리가 잃는다는 것
그것은 다른 하나를 얻는다는 게다.
무성茂盛 했던 어젯날의 통곡도

명징明澄한 이 하늘도 남의 것일 수는 없는
이제는
사소한 일에 울거나 가슴 뜯지 않으려니-

어둠,
찹찹한 이 질서 안에
온갖 생성을 보는 때다.
회한悔恨보다는 더 출발이 여무는 시간이다.

수난 이후受難以後

실성하여
깔깔대는 소리를 잊을 수가 없구나.

우리는 걷고 있었다,
섬기슭 비탈길을
절뚝이는 나의
전쟁 얘기는 불꽃이 일고,
그것은
그들의
낙엽落葉 같은 가슴에 점화點火된 것일까.

피비린 얘기의 절정에서
중심 잃은 그들은 섬비탈을 내닫고,
단숨에
생애를 태워버리려는 듯
깔깔대며 내닫고,
일순一瞬, 지나치게 빛나던 눈동자는
초점을 잃자 부우연 재,
재가 되어 휘몰리는
이, 숨막히는 비탈길.

그린 듯
선 나는
우리의 마음을 몸뚱이를
겨울날 과원果園에서 보는
하늘만큼이나 찢어놓은 전쟁을
생각다가, 생각다가,
갈매기의 날갯짓을 보고 있었다.

본시 물빛이던 갈매기의 나래도
활활 타는 낙조주변落照周邊,
광염狂炎에 보내는 갈채喝采인 양
물결 소리는
바람처럼 다가오고…….

마침내는
밤이 오는 것이었다.
밤,
그것은
아침으로 가는 길목에 쌓인 잿더미.

잿더미엔 불씨가 남아
반짝이는 별, 그 불씨가 남아,

실성하여
불타던 눈빛을 잊을 수가 없구나.

종언終焉을 보며
–가난한 어머니

맷돌질을 하다가 일손을 놓은
당신은
어느 바다 기슭에서 지금 숨돌리고 있는가,
풍랑을 지나온 석양 녘
해체解體나 기다리는 노후선老朽船처럼
허심虛心히,
마당 우케 멍석에는
당시의 분신들이
유예猶豫 받은 시간을 핥고 있는데

다시 맷돌이 돌아가눈.

낟알이여,
돌도는 일월의 틈바귀에서
묵묵히
누군가의 자양滋養이 되어가는,
이 봄에도
꽃바람은 산등성일 넘을까?

아니,

이제 보니 당신의 얼굴에는
천년고석千年古石에 이끼 같은
한숨 어린 염왕꽃이 활짝 피었눈,

당신의 마음처럼 둥그런 맷돌짝이
봄마다 돌돌아
종언終焉을 불러놓고
생활의 향내 짙게 짙게 풍기는
웅얼임도 이제는 숨이 찬 나날.

쩔쩔 끓는 물에 들어 자맥질을 하다
보다 큰 생명에 스미는 보람으로
묵묵히 해체되는 낟알이거나,
마지막 살점까지 아낌없이 태우는
해변의 향연饗宴 잊을 수 없어
가라앉지 못했던 목선木船이거나,

남겨둘 자취 하나 없단들
부끄러울 거 없는 당신의 손에서
아직도 맷돌은 노래하눈.

선인장仙人掌의 역설逆說

스스로의 뼈를 부수어 만든 마름쇠
살갗에 박고
결식缺食으로 발돋움하는 내핍耐乏의 사구砂丘,
선인장은 혼신으로 부르짖고 있다.

발부리는 땅 속을 헤매지만
연륜을 몰라
가도 가도 심해深海빛 심해 같은 마음으로
맹물을 마시며 푸르른 목숨.

능선稜線인가, 골짜긴가,
아슬한 절정 어디인가,

몇 십 굽이 그 끝에 피어나는
태초의 적막 속에 빛살 터지는
그러한 아침이 오기는 올까?

온몸이 눈이요, 이파리요, 꿈
온몸이 팔다리인
두루뭉수리,

포화砲火 지나간 거리의
벽돌 조각 사이나
바람마저 메마른 어느 벌판에 던지워도
스스로의 샘물에 목 축이며
잃지 않는 균형으로 너는 있고,

한 발짝만 들어서면
너의 마음 언저리
피안彼岸에 잇닿아 출렁이는 강물은
태양을 부르는 풋풋한 육성肉聲인 양…….

바람

태어나면서
빈 가슴들을 채우고 있었다.

사랑과
미움이
너를 앞세우고 머리칼을 날렸다.

어느 아뜨리에에서 만났을 때
너는
비너스의 주변을 서성이며
그 섬세하고 보드라운 선線만큼의 공간에
비너스를 앉혀놓고 볼을 부비고 있었고,

어느 날의 황혼,
피아노의 건반에서
정염을 뽑아내며 몸을 비꼬던 너는
비어가는 포도주병 속에 들앉으며
게슴츠레한 눈으로 나를 유혹하기도 했다.

네가 침묵을 지킬 때

사람들은 말을 잃고
아름다운,
꽃들은 몸짓을 잃고
세상은
얼어붙은 시간의 빈 터에서 고요히 잠들 것을,

나뭇잎에 눈짓을 주어
보이지 않는 제 생명을 살피고,
식은 가슴에서 불씨를 찾아내고

쉬임 없이 거리를 헤매는 너는
태어나면서
사랑과 미움을 잉태하고 있었다.

아침 거미

문득 거미가 매달렸다.
한문발로
아침이 밀어닥친 뒤
한 가닥의 기대가
은은히 거미줄에 걸린다.
먼 조상들의 끈덕진 피가 거미줄을 타 내리고
고향 계신 어머님이 홀연 문을 여신다.

고단한 나날의 갈피에 쌓인 시름이
가녀린 한 줄기 거미줄에서 반짝이는 아침,
'쥐구멍에 볕들 날'을 잘근대며 살아온 내 이웃들에서
양은그릇 부딪는 소리가 비 뒤의 풍경처럼 맑다.

꼼짝 않던 거미는
내 눈을 띄어놓고
나의 속눈을 말똥말똥 띄어놓고
도로 천장으로 오른다.

죽은 듯
살다가

흙만 바라 살다가
흙으로 돌아간 조상들처럼
언제부턴가 우리의 가슴에
은은한 기대를 심어놓은 아침 거미,
예기치 않은 다리를 종횡縱橫으로 놓는.

풀이슬과 함께 무산霧散하는 한낱 꿈일망정
출발 앞에 선 내 피 속에
조상님들을 사시게 하고
고향 계신 어머님을 문득 앞에 모신다.

가을밤의 일기

나의 바다에 침몰된 채 자취 없던 고향이 실솔 소리에 떠밀려오더니, 베갯머리에서 나를 깨운다.

막둥아, 소 어디 매었노?
주인네 감나무에 매었소.

얼결에 대답하고 돌아보니 고향집엔 감나무가 없는데, 어찌 되었는지 아내가 홍시를 먹고 있다.

좀 스스러운 나는 일어나 담배를 피워 물고, 아득히 표류해버린 어린 날의 연꽃잎에 실려 나의 바다에 부활한 대화를 듣고 있었다.

물은 어디서 먹였노?
주인네 옹달샘에서 먹였소.

잠이 안 오면 발을 씻고 누워보라고 채근을 해도, 실솔 소리 바다 소리 속에 첨벙거리고만 있는 나에게 아내는 마침내 싸움을 걸어왔지만 나는 새삼 어머니의 말씀을 되새기고 있었다.

부부 싸움은 칼로 물베기니라,
장도칼로 물베기여.

설원雪原

I

눈 오는 벌판에서야
눈 뜨나 감으나 매한가지 아닌가,

이른 봄부터 서둘러 가을까지
나뭇잎새 꽃빛깔의 변덕을 딛고 서서
물빛에서 하늘빛 노을빛까지
세상은 이렇듯 한 빛깔이 아닌가.

세상 만난 강아지 발목에 자유는 꽃피고
선진先進과 후진後進이 허심히
체온을 나누는 벌판,
서열도 없이 내려앉는 나비 떼.

흑 · 백 · 황……
낳기 전의 우리는 빨간 핏덩이
그 이전의 우리는 눈빛이던 것처럼
우리는 본시 한 빛깔 아니던가.

Ⅱ

눈 오는 벌판에 바람이 온다,
박모薄暮의 그늘을 거느리고 바람이 온다.
시야에 펄럭이며 어수선히 쌓이는 만국기
그 위에 눕고 엎어지고 더러는 곤두박질
뒤범벅된 얼굴들에 한 가닥의 그림자,
눈 뜨나 감으나 스쳐가는 한 가닥의 그림자.

평화는 약한 자의 가슴에 쌓이는 순정의 눈이니라,
평화는 악한 자의 발길에 부서지는 눈사람이니라.

순백의 마음은 눈 오는 벌판에
어져 녹져 무한을 가는데,

문득 어디선가 다가오는 혼선된 목소리
나의 온몸에 흐르는 전류……

Ⅲ

극과 극이 만나면 꽃이 피는가.
이 차운 눈 쌓인 벌판에

태양의 손들이 피우는 백금白金의,

예수의 가슴에서 피는 꽃이나
이차돈의 목에서 피는 꽃이나
꽃그늘에 무릎 꿇어 손을 모으는
어느 운하, 어느 강변의,

염원이 어우러져 꽃이 피었네,
이렇듯 커다란 한 송이로 피었네.

나상裸像

현기 나는 시간의 기슭인가
어디쯤,
할퀴우며 있는
내게 마지막 남은 자유를 새기자.

보이지 않는,
계절의 마른 입술이
의식의 연안을 넘나들던
풋풋한 표정들을 하나하나 앗아가고,
이제는
나부낄 옷자락 하나
떨구울 눈물 한 방울 없는
차라리 거뜬한 파산破産.

가다가,
여윈 가지의 탄성彈性을 일깨우는 숨찬 바람길에 서면
먼동을 보는 새처럼 쭉지를 추스르기도 하지만,

나래 치던 한때의 그림자마저 낡고,
별빛 가능可能은 내실에서 여무는

지금은 다만 항거의 목숨,
목숨에서 울려나는
헛김 새는 목관악기 소리와 -

그리고 균열龜裂진 살갗에 번지운
그, 현기 나게 굽이치는 시간의 얼룩에는
되는 대로 겹치었다
부서지고 겹치는
험상궂은 나의 얼굴, 얼굴…….

죽음의 연가戀歌

한강 다리 위를 질주하는 차 중에서
문득 너를 만났다.
작열하는 포화 속에 안고 뒹굴던 너
내 생명의 그림자여!

너의 미행尾行
너의 후원後援은
일찍이 내 속눈에 초롱을 달았지만
너를 보는 내 시점視點엔 원근이 없다.

밝은 날의 너는
머리 풀어헤친 채 이빨만 허옇더니
이렇게 음흉한 세상에선
너의 얼굴 한결 밝아보이누나.

내가 집을 나설 때, 목욕을 하고
속옷 깨끗이 갈아입은 의미를
너는 속삭이고, 나는 숨을 모둔다.

언제나 깨어

내 생명 살피나 흔적이 없는
너와 나 이별은 아예 없는 것을…….

부엌을 드나들고, 꿈속을 드나들 듯
내 두개골 깊숙한 곳이나
내 갈빗대 사이사이에 일으키는 너의
치맛바람에도 나는 부질없이 떨었었구나.

내 절망의 거울,
아니, 내 진실의 절정에 오는 너
한강 다리 위를 질주하며 안아보는
느긋한 너의 볼륨.

소묘素描

땀을 씻으며 들어선 목로집
여인 옆에 선풍기가 힐끗 쳐다봤다.

—바람 먼저 한 잔 다오.
—불이 나갔네요.

술을 따르는 여인의 손이 가볍게 떨렸다.
술잔을 든 나의 손도 가볍게 떨렸다.

이윽고 달아오른 얼굴로 일어서려 할 때,
선풍기가 돌기 시작했다.

—바람이 왔군.
—불이 왔네요.

눈과 눈의 푸른빛이 오렌지를 받쳐들었다.

교외에 내리는 비

티 없는 마음으로 고향 떠
구름 돌다
돌아오는 형제들,
한낮의 잠꼬대로 귀가 먹먹한
도심을 빠져나가자 입을 연다.
칠월의 포도밭에서—
지뢰地雷 울부짖는 정글의
피내음을 전하기엔 너무 투명한,
어느 대양 위
천둥을 거느리고 날던
검은 재의 기억으론 너무 순박한,
눈망울들 오늘은
칸나밭에서
잃었던 목청을 돋군다.
그러나 말 한 마디 못 이룬 채 목이 메는
하늘을 날던 뜻, 오늘은
은익銀翼에 바스라져 돌아오는
국적마저 없는 나의 가슴들.
문명으로 채색된 눈빛이 싫어
떴다, 감았다, 수륙을 헤매어온

천이요, 억인 대승大乘의
손길이 내린다.

술과 나와 오늘

늘 치사스런 분장을 지워주는
손을 가진 이 술을 지기知己라면 어떨까?

아니 어쩌면 캄캄한
마음의 동굴洞窟을 밝히는 등불이다.

피로한 눈을 고쳐 떠서
하루의 밑바닥을 살피는 시간의,

담담한 표정으로 자리에 드는
한 이십 년 같이 산 내외처럼
쓰다
달다
말없이 헌신하는 형광등.

앗기고 빨리우고 나은 찌꺼기
사보텐 분盆에
사보텐을 기르는
깨묵 같은 거라도 침전沈澱되며 있는가.

핏발 선 눈으로 살피어보는
하루의 밑바닥엔 담뱃재만 날리고
실없는 웃음이 허공을 삼킬 때,

밖에서는 또 하루의 거품이 일어,
강산을 내리덮은 뚜껑을 열려고
부글부글 들끓는 거품이 일어

형광등은 빛을 잃고
마음 한결 어두우면

또 늘 치사스런 분장을 돕는
거짓 없는 자기知己의 손을 그리는 오늘.

우수절雨水節

마을 안팎
나의 안팎
긴 잠을 거부한다
청자 입김 감도는 물빛 하늘.

아침해의 눈동자가 촉기 점점 발함은
안개를 헤쳐 구색을 맞추는 일,
안팎의 골짜기에 가냘픈 저 소리는
하늘 땅 소곤대며 강물을 빚는 소리.

안의 나무들은 조용히
꽃망울 망울들에 입김을 불어넣고
바깥 나무들은 열매를 찾아
머나먼 길을 떠난다.

아, 황홀한 눈을 뜨는 어느 날을 위해
꽃이거나
열매거나
강물이거나,
서서히 힘을 회복하는 한국의 우수절雨水節.

거울 앞에서

낯익은 아내의 손이 간간이 다가와
행맑은 빛을 머리에서 앗아간다.
한결 높은 음정에 걸릴
바이올린 줄과도 같은
어둠을 딛고 솟아나는 하아얀 머리칼,
낯선 어느 손길이 무시로 다가와
빛나는 구슬을 가슴에서 앗아간다.
삶의 모진 무게에 다져진
보석, 그 참된 언어들.
오랜 사색으로 닦아 간직한
순수한 언어를 빼앗기 위해
낯선 눈동자는 핏발이 서고
다시 태어나는 바람을 빼앗으려
아내의 눈동자는 심지를 돋우는데
나는 다소곳이 구경만 하고 있다.
아, 우리는 늘
빛나고 맑고 순수한 무엇을
빼앗기며 사는가, 사라져가는가?
세월과 현실과 꿈의 마디마디
은은히 피어나는 꽃

언어라든지
그 마지막 사랑까지도.

대臺 위의 느티나무

서로 말이 없었다.
살이 닿아 있었다.
대臺 위에
느티나무에 비가 내리고 있었다.

느티나무 아랫돌에 이끼가 눈을 뜨고
대臺에 돋아 잠잠하던 이끼도 잠을 깨고
몇백 년 다진 연륜年輪이 거래되고 있었다.

아스라한 높이에 은혜로운 가지 끝
새로 난 잎새들은 미처 못 보는 뿌리 언저리
대臺에 앉은 느티나무 아미타불, 아미타불

바위에 피가 돌고 있었다.
파릇파릇 싹이 나고 있었다.
훈훈한 바람이 감도는가 했더니
바위는 미소微笑하고 있었다.

바람에 흔들리는 나뭇가지 사이 사이
은혜로운 높이에서 사랑을 화답和答하는

새소리 날개 소리 먼 빛으로 들으며
바위는 천 년 눈을 감고 미소하는
아, 아미타불, 나무아미타불

서로 말이 없었다.
피가 통하고 있었다.
이웃고 대 위에도 느티에도
햇빛이 쏟아지고 있었다.

옥돌호랑이

몇 해 전이던가 내 서재에
옥돌호랑이 한 마리가 들어왔다.
꼬리를 엉덩이에 사려 붙이고
앞발을 세운 채 쭈구리고 앉더니
높은 곳을 향해 포효咆哮하기 시작했다.
밤이나 낮이나 먹을 줄도 모르고,
잠을 자는 일도 없이
포효만 하고 있는 요놈을 나는
오랫동안 나의 마스코트라 생각해왔다.
아침 저녁으로 요놈의 포효를 들으며
북곽선생北郭先生이 아니되기를 다짐해왔다.
그러던 어느 날 아침
잠에서 깬 나는 너무도 조용함에 소스라쳤다.
내 옥돌호랑이가 아가리만 벌린 채
혀가 굳고 소리가 거세되어버린 것이 아닌가.
어찌된 일인가고 눈여겨보니
이놈은 또 선택의 자유를 빼앗겼는지
고개가 한쪽으로 고정된 채 하품만 하고 있는 것이었다.
나는 벙어리가 된 옥돌호랑이.
용맹의 긴 수염도 퇴화해버린 주제의

이 비생산적인 산중군자山中君子를
아주 쫓아내버릴까, 버릴까 하다
그만두었다.
요놈을 쫓아내면 내 서재에서
연암선생燕巖先牲 마저 떠나시지 않을까
겁이 더럭 났기 때문이다.

양심의 근대화

무심코 길을 걷다 주워 든 동전
오 원짜리 동전 위에서 시간이 물구나무 선다.
소학교 몇 학년 때던가
심부름 가는 시골길엔 바람이 불었다.
무심코 눈이 멎은 길섶
갈대에 걸려 나부끼는 지전紙錢
오십 전짜리 지전 위에서
나는 처음으로 양심을 보았다.

광복 사 반세기 그동안 나는
중등학교 · 대학을 마쳤고
이제 나는 중진국의 어엿한 교원인데
일제말의 월사금 오십오 전 위에
의무교육을 디디고 선 육성회비 삼백 원이 겹치면서
두근거리던 가슴의 양심을 밀고 실소가 들어선다.

오십 전이 오 원으로 크는 동안
그것도 두어 차례 평가절하를 거쳐서
오 원으로 자라는 동안
나의 양심은 얼마나 성장했는가

나의 양심은 얼마나 퇴색했는가

가슴을 두근거리긴커녕
“떨어뜨리려면 한 오만 원짜리 수표나 떨어뜨릴 일이지,
어떤 자가 쩨쩨하게 이런 걸 다 담고 다니다
오 원짜리 이런 걸 떨어뜨린담…….”
문득 오 원짜리 동전 위에서
내 양심이 물구나무선다.

직업에 지쳐 돌아오는 도시길
무심코 길을 걷다 주워 든 동전
오 원짜리 동전 위에서
나는 처음으로 비양심을 보았다.
오십 전짜리 지전 위에 새겨진 양심
오 원짜리 동전 위에 가시 돋친 비양심이
근대화 물결 속에 매암 돌기도 하고
문명의 길섶에서 싸움을 하는데,
피투성이로 짓밟힌 양심과
우뚝한 콧대로 버티고 선 비양심 사이에
오 원짜리 동전을 힘껏 던졌더니

근대 시민인 내 양심의 폭소는

끝이 날 줄 몰랐다,

끝이 날 줄 몰랐다.

도탄기塗炭記 1
–염소

엄살이 아니다.
나는 늪 속에 빠졌다.
어느 날 아침
'그레고르 잠자'군 벌레가 되듯
한 마리의 염소가 되어
홀연 늪 속에 빠졌다.

내 어릴 적 어른들이
늪 속에 빠뜨려 죽이던 염소,
다사로운 햇볕
싱그러운 바람의 초원은 시들고
'양두구육羊頭狗肉'만이 푸르른 이 땅
내 아마 게거품을 뿜어야 하나 보다.

탄하는 게 아니다.
나는 늪 속에 빠졌다.
똥 묻은 개가 겨 묻은 개 비웃고,
닭 잡아 놓고 오리발을 내놓고,
도둑이 쇠좆매를 들고 설쳐도
늪에 빠진 염소 할 말이 없다.

물이나 마셔야지, 거무튀튀한,
할 말이 있다손

— 메헤헤……
대화가 단절된 –메헤헤……
위조……위장……
비위……비정……
부정……부패……
유해……유독……
이게 바로 서구화요, 근대화니까
아니, 소득증대의 아이디어니까
기를 쓰고 반추하여 역수출이나 해야지.

빈말이 아니다.
나는 늪 속에 빠졌다.
새소리는 이미 조롱 속에 갇히고
맑은 시내도 숨을 죽였다.
그러나 결코 내게 던지지 말라.
구명의 밧줄일랑 던지지 말라.
나의 이목구비 또한 아직은

제발 푸줏간에 걸지를 말라.

썩은 늪 속
온갖 '공해' 다 먹고 마시고
게거품 남김없이 다 뿜어낼 때까지
푸줏간에 나의 머리를 걸지를 말라.

도탄기塗炭記 2
–거위

한 마리의 학이 아닌 것을
문득 한 다리가 허공에 떠 있었다.
두 다리로 겨운 삶은
술사발에 띄우고
나는 부질없이 별빛에 홀렸던가,
나도 모르게 나는 학꿈을 꾸었던가.

한쪽엔 별보석으로 빛나는 고독의 시인 다형茶兄,
또 한쪽엔 저승을 넘나드는 학의 시인 미당未堂,
그 사이를 어칠대던 나는
나도 모르게
보석으로 빛나는 별빛을 향해
날개를 피었던가 학이나처럼.

날개는 한낱 입성일 뿐
늪에서야 물갈퀴만도 못한 새,
나는 한 마리의 거위인 것을…….

어느 선의의 악령이 날 이끌어
나래 펴게 했던가

바람기도 없는 날에.

흐린 물이나 한껏 마시며
흐늘흐늘 그냥저냥 살아갈 것을,
벽인 양 다가오는 고독 앞에선
어둠을 부여 안고 목청껏
통곡이나 할 것을 구천에 미치도록.

누가 나의 눈에 별씨를 심어
내 쭉지 두 동강이 나게 했는가,
하늘과 늪 사이는 가깝고도 멀어라
나는 한 마리의 날개 잃은 거위
아니면 학이 아닌 한 마리의 학인가?

도탄기塗炭記 3
–미나리

연꽃 찾아 헤매다 발이 빠진 미나리꽝
문득 나는 미나리로 서 있었다.
문명의 파도에 멀미났던가,
동양의 감칠맛에 눈을 떴던가,
미나리는 남루한 바람을, 입성처럼 걸치고
진 수렁을 숨죽이고 가고 있었다.

어쩌다 뿌리내린 교외의 철로변엔
개구리 소리마저 없었다.
온갖 기계에서 흩어지는 독침은
시퍼런 서슬로 신경마다에 박히고,
굴뚝에서 태어난 독나방 떼가
심장을 겨냥하고 어지러이 나는 곳,
구설과 소음이 몰아오는 악취는
새까만 물이 되어 혈관에 스미는

여기는 오히려
원시와 야만과 미개에 목이 마른
문명의 오지.
그러나 미나리꽝에도 아침은 온다.

창백한 별들과 흐느끼다 잠이 드는 미나리에도
태초의 빛을 거느린 아침이
연꽃 걸음걸이로 소리없이 다가온다.

까치동 저고리 꿈의 깊이에서
까치 소릴 캐내듯
가장 어릴 적의 정한 눈물로 얼굴을 씻고
아침이면 새로이 생기로 태어나는 미나리,
생명을 소모하여 생명에 물 주고
사랑의 향기 사랑에 뿌리는
연꽃 아닌 또 하나의 연꽃으로 눈을 뜬다.

설악산 시
–비선대 계곡에서

남성과 여성들이
끊임없는 전설을 빚고 있었다.
절벽
폭포
모든 것은 살아 움직이고 있었다.
나래 펴 솟는
바위
나무
새
나래 접고 꽂히는
새
바위
물줄기
환절기의 기온표처럼
변칙의
그 아슬한 균형,
석벽엔
선연한 칼자국
채 가시지 않은 먹내음
폭포 아래 서면

폭포가 일으키는 바람이
선녀의 소맷자락으로 목에 감기고
절벽 위에 서면
매아미 소리
속계俗界
와
선계仙界
에
걸린 구름다리
구름을 몰아가는
시원한 바람다리
여인들이 아름드리 거목을 쓸어안고 눈을 감을 때
남자들은 자수정 포말 속에 탈속하는
비선대 계곡
여기서는
모든 육신이
투명한 꿈속에 녹아든다.
죽음마저 황홀한 비상飛翔의 골짜기
모든 남녀들의
눈

눈에
쌍무지개 뜨는 골짜기.

다도해의 노을

크낙한 유리병의 참꽃술
저녁노을이 흥건히 고인다.
내 고향 다도해가
취하도록 고인다.

마당 한 구석에 수염을 나풀대는
염소의 유방에선 젖이 몇 사발,
웃집 조부님의 물기 어린 목소리로
양은그릇에 따스하게 고인다.

오랜만에 고향과 마주 앉으니
시간이 자꾸 뒷걸음질 치면서
젖이 고이고
정이 고이고
노을 뜬 술잔에 어린 날이 고인다.
몇 겹으로 타고난 나의 눈이었을까?
또 한 겹 눈을 뜨니 별이 빛나는
평범한 내 고향 다도해의
저 아름다운 저녁노을이여,
내 가슴에 흥건히 고이는 꿈의,
꿈의 어머니 젖가슴에 취한다.

주민등록증에 비친 자화상

삶에 지쳐 흐느적일 때
무심코 들여다보는 주민등록증,
수려한 강산에 고속도로는 뻗고
들판에 벼는 풍성한데
내 의식의 거울 같은
지문指紋의 뒤안,
안개비 속에 이슬방울 빛나는
거미줄 뒤집어쓰고 일어나는 얼굴들,
어느 새벽의 꿈속이나
아내의 시장 바구니 속
콩나물 싼 주간지 조각에서
문득 만나게 되는
야생의 전통은 연면連綿하다.

고속도로를 달리는 버스 속이나
초조히 지나던 한산한 지하도
혹은 또 어느 만원 극장 안
값싼 영화의 중간쯤에
소리 없이 태어난 한 쌍의 속눈엔
옥수수 수염 같은 털이 나기 시작하고,

물젖은 바람이 박쥐처럼
나의 동굴 구석구석을 어정거릴 때
질펀한 시간 위에 떠오르는
원시의 모습들은 끈덕지게 살아난다.

햇빛을 만나면 반짝이는 이슬처럼
어디서나 깨어나는 내 의식의 주름살,
그 골짜기를 어슬렁거리는
다리에도 털이 나고
푸성귀로 채우고 게트림을 하는
뼛속에도 핏줄에도 어느덧 털이 나고
숫자에 가위눌린 쇠털 같은 나날
무심코 주민등록증을 들여다보면
털이 마구 돋는다, 근대화의 털이.
아폴로 시대의 털이 돋는다.

출근길

출근길 골목에서 상여를 만났다.
만발한 설토화가
요령 소리에 흔들리고 있었다.

길섶에 비껴선 나에겐
상여가 마치 흰구름 같았다.
'공수래공수거空手來空手去'는 푸른 하늘
'인생여부운人生如浮雲' 그 만장 글귀가
방울방울 빛났다.
문득 숙연해지는 마음.

은행 이파리 떨어지는 골목엔
생활에 찌들린 이웃들이
혀를 끌끌 차며 초라한 행렬을 보내고 있었다.

지금 이 나라엔
부정, 불신, 불안이 대풍이고
조국을 버리고 이민을 가기 위해
저명 인사들이 술렁인다는데
어디로 가는가 이 행렬은,

상여는 흐르고 상여소리 낭랑해

나는 어느덧 불제자가 된다.

그러고 보니 이 시각

청담 스님도 가시겠구나

'나무아미타불 관세음보살'

삼월의 새

–삼일절에

해마다 삼월의 새는 태어난다.

만세를 부르는 나무들의 숲 위에
나래 펴는 종소리
우리들의 가슴마다에 퍼덕이는
죽지 않는 한 마리 새는.

기미년의 핏빛 진달래
꽃에 부리를 부비고
흩어진 골육을 모아
탑을 쌓기 위하여 다시 눈을 뜬다.

하늘도, 바다도, 땅도
우리들의 사랑마저 동강난 채
기미년의 탑은
남북의 하늘만 응시하며 말이 없는데,

터지는 봇물 같은 기미년의 함성을 빌어
막힌 사랑의 핏줄을 잇기 위해
죽지 않는 한 마리 새는

우리들의 가슴마다에 날아오른다.

아아, 그날의 뜨거운 피는
풀뿌리, 나무뿌리
온갖 뿌리와 뿌리에 스며
역사와 마디마디를 밀어올린다.

삼월이면 태어나는
한 마리 새여!

2부

조춘早春 산책

골목 어귀
금붕어 외는 소리에
봄이 기지개를 켠다.
겨울의 부시시한 매무새를 고치고
도심을 빠져나온 봄은 교외를 거닌다.
꿩 소리에 귀를 쫑긋거리고
매화꽃을 만나 상기된 얼굴에
양광陽光의 입술이 지난다.
봄은 시냇물로 순수를 흘려내고
나무나 풀들은 본성을 피워내는데
봄을 따라나선 나는
아지랑이 때문인지 마음이 흐릿하다.

예술품이 목돈으로 굴절되는 세상,
매화 옛등걸도 제대로 뵈지 않고
향긋한 쑥 이파리에 물가物價가 아른댄다.
김매는 아낙들은
흥얼이타령 대신 '113수사본부'의 간첩 얘기로 피로를 달래고
그 옆을 지나던 나는 신분증이 든 포켓을 만져보며 갈증

을 느낀다.

봄을 따라 나섰던 나는 어느덧
길을 잃고 헤매는 나그네
봄은 어디에도 없었다.
이윽고
지쳐서 주저앉은 호젓한 무덤가
들찔레의 새순, 들찔레의 새순
내 마음의 봄은 문득 거기 있었다.

소나기 오는 날에

구름이 울고 있다.
충만한 사랑에 겨워 흐느끼고 있다.
들판과 언덕
(내 고향의 바다와 산하에도 내리겠지)
어디에나 뿌리를 내리며
목이 메는 사랑
—누가 인생을 뜬구름에 비겼던가!

구름이 웃고 있다.
넘치는 자유의 빛깔로 새실대고 있다.
동녘 하늘에서
서녘 하늘에서
하얗게 빨갛게 혹은 보랏빛으로
갖가지 빛깔로 넘치는 자유.

—누가 뜬구름을 인생에 비겼던가!
구름은 날고 있는데
성자의 모습으로 일고
악령의 몰골로 스러지는
구름은 날고 있는데,

나의 세상은 나날이 좁아지고
내 사랑은 겁怯에 질려 파리하다.

—아, 나의 인생은 차라리
소나기로 풀려라.

족도리꽃

맺고 끊는 맛
참고 기다리며 푸는 맛
어느 게 세상 사는 맛인지 몰라
삼복더위에 시달리던 날
바람기도 없는 뜨락에
족도리꽃 숭얼숭얼 피고 있었다.

참대처럼 사는 길
참외 넌출, 수박 넌출, 넌출지는 길
어떻게 사는 게 참 인생인지,
한여름 진종일을 서성이던 황혼 녘
족도리꽃 돌금돌금 피고 있었다.

분홍 꽃잎
흰 꽃잎
호박구슬 수정구슬 층층이 받치고
사슬사슬 늘이어 곡옥曲玉까지 달고
풀벌레 풍악 속에 다가서는 꽃,
꽃은 위로 위로 피고 이울고
열매는 영그는 알 사랑인 듯

소중한 무게를 가늠하는 몸짓
대지의 품을 향한 잔잔한 파문이여.

스물두 해 넌출진 아내의 세월
참대 마디처럼 굳어지던 인생이
별빛, 칠보 족도리로 피고 있었다.
가닥가닥 실실이 풀려나고 있었다.

겨울 진달래

음력 설날 아침 진달래가 피었다.
통나무 모양의 꽃병에 꽂아놓은
버들개지 동백잎 국화꽃 곁에
자라나는 새끼들의 체온으로 벙을리듯
영하 5도의 추위를 딛고
두 활개 치켜들어 꽃이 피었다.

큰딸년 졸업식 둘째놈 졸업식
초라한 축하 꽃다발 속에
분칠하고 따라갔던 하치않은 들러리
한낱 막가지였던 그대 손끝마다
새해의 축복인 양 진달래가 피었다.

한 설 지나면 한 살 더 먹고
한 겨울 나면 한결 슬거워지는
새끼들의 마음결, 그 모습으로
음력 설날 아침 진달래가 피었다.

국화꽃은 버들개질 거느리고
진달래가 동백잎을 거느리고 있는 꼴은

가난을 거름 삼아 꿈을 키우며
싱싱하게 자라나는 새끼들처럼
얼마나 눈물나게 다행스런 모습이냐!

소록도 단상

한하운의 '파랑새'는
바위에 음각되어 누워 있었고

말끔히 다듬어진 소록도 공원엔

장명등처럼 서 있는 소리통에서
녹음된 뻐꾸기만 울고 있었다.

빈 방의 탈주脫走

빈 방에 틀어박혀
알몸이 되어보는 일,
이는 언제인가 있을
마지막 탈출의 몸짓말이다.

멱살잡아 흔들어대는 활자의 손아귀
덜미잡이 전파의 입심에서 벗어난
다만당 나만의 현실의 율동

옛 현인賢人인 양
스스로의 속엣말 뒤적이다가
버리기 아까우면 스크랩도 해보고
살다 보니 천 갈래 만 갈래 얽힌 인연을
빛깔 따라 갈라도 보고
더러는 끊어내고
더러는 이어주고
빈 방의 몸부림은 어쩌면 숨죽인 탈주와도 같다.

제 손으로 목조르고 허리를 묶고
구두끈으로 감발한 점잖은 수인囚人,

거리에서나 일터에서나
무시로 다가서는 눈의 벽, 귀의 벽
벽을 밀어제치고
온갖 관계 후울훌 벗어던지고

짐짓, 혈혈단신 알몸 알마음이 되어보는 일
이는 단 한 번 있을
마지막 탈출의 몸짓말이다.

공작선인장

달포 두고 아슴아슴
무지개 바람 불더니
어느 아침 나의 공작
빛부신 입을 열다
밑모를 나의 늪에
그림자 드리운 채
맹물 마셔 푸른 눈 뜨고
바람 불러 붉은 숨 태우는
아아라한 지상 선녀
날개 펴 하늘 쓸다
소리 없이 꼬리로 웃는
마음 부신 나의 공작.

삼동三冬에 개구리 운다

삼동三冬에 개구리 운다.
얼어붙은 땅
동면하는 개구리가
삼월의 입김을 앞지른다.

입다문 고향
까치 한 마리 날지 않는 마을 어귀에
장승으로 선 나의 귀를 파고드는 저 소리는
내 마음 고향의 속엣말이다.

청살스런 여름의 꾀꼬리 소리보다
들어야 할 이만 듣는 진한 귓속말.

겉은 얼어붙었어도
뿌리 실한 보리처럼
삼월의 영마루를 바라보는 속사람의
겨울 한복판의 인기척이다.

무덤인 줄 알았던 대지의 안방
동면하는 개구리가 입을 열었다.

하늘의 속엣말의 메아리인가?
삼동三冬의 들판에는 쉬쉬 바람 부는데…….

강

겉으론 잔잔하고
속에선
소용돌고

만남과 헤어짐이
피고 지는
한 떨기 꽃

사는 길
팍팍할 때엔

굽이돌아
보
이
오.

산

산은 늘 늙어 젊은
푸른 숨을
쉬는 고불古佛

난세亂世를 사는 슬기
시냇물로
속삭이고

영원을
사는 길이야

바위 안아
보
이
오.

6월의 무등

곁에 두고
오랜 세월 무심상했던 얼굴
주름살 편 무등無等이 침묵으로 입을 연다.

역사의 골짜기에 빛나는
선열들의 피얼룩
인고와 굴욕의 부엽토 버무려
새로이 푸른 숨결을 빚는 6월의 무등.

문득
세상 사는 법을 조금은 알 듯도 하다.

세찬 문명의 비바람에도
원시의 언어를 잃지 않은 무등.
알타미라 동굴의 야우野牛를 내 안에 살게 하고
나를 언제나
다시 태어나게 하는 어머니.

곁에 두고 오랜 세월
한 번도 노래하지 못한 내게

오늘도 무언無言으로 힘을 불어넣는
6월의 무등

어제를 살라 먹고 내일을 잉태孕胎하는 그 예지에
나도 세상 사는 법을
조금은 알 듯도 하다.

책冊

항상 서서 기다리는 자세다.
계절을 초월하여
누구일까, 누구든지
그리운 님을 기다리는 자세다.

온갖 것 안에 지니고
진선미眞善美도 성현聖賢도 비장秘藏하고
겸허하게 묵묵히 기다리는 자세다.

다함 없는 가치의 물줄기 따라
은모래 금모래로 빛나는 활자의 행렬,
행렬은 묵묵히 이어지는데
이 비옥한 터전은 기다리는 자세다.

누구인가 뜨거운 가슴으로 다가와서
빛나는 눈으로 괭이질을 할 때
사랑이건 진실이건 한 덩이씩
내어주기 위하여 기다리는 자세다.

끝없이 얽힌 인생의 실꾸리

은실 금실로 얼크러진 지혜의 실마리
누구인가 참되이 숨을 모둘 때
한 바람 한 바람씩 풀어보이려
밤이나 낮이나 기다리는 자세다.

때로 먼지 쓴 채 버림받아도
녹슬지 않는 예지,
식을 줄 모르는 사랑으로
천년이고 만년이고 기다리는 자세다.

나무 용龍의 웅얼임

월출산의 날개 펴는 바위와
영암 월출산의 달도 그대로 두고
도갑사 골짝에서 등걸 하나 업어왔다.
썩은 데 도려내고 손질하던 어느 날
보잘것없는 동백 등걸이 용龍으로 태어났다.

월출산 숲속의 방울새 소리가
아직도 새벽이면 귓속에서 구르고
초여름 산의 미소가 가슴에 서려
지금도 신새벽이면 내 눈을 띄우는데,
심각한 몸짓말의 바위들도 다 두고
이목구비耳目口鼻 다 잘리고 개울물에 씻기고
썩을 대로 썩다 남은 동백나무 등걸,
그 지지리도 못난 등걸 하나 업어온 게
용으로 태어나서 입을 열었다.

사람이 못하는 말 나무가 한다더니
죽어서 입을 여는가, 영물스런 나무 용龍.
도갑사 뒤뜰의 도선국사비道詵國師碑
그 두석룡頭石龍과 같은 여의주도 없이

입을 열어 웅얼이는 나의 나무 용龍.
어떤 기대 속에 요놈을 끌어다가
'옥돌호랑이'와 맞붙여놓았다.
'용호상박龍虎相搏' 되뇌며 맞붙여놓았다.
청룡의 분노에서
백호의 용맹에서
오랫동안 잃었던 시인의 말 찾아질까?
한 번 맞붙여놓아 보았다.
천동天動 지동地動 치리…… 조마조마하며
문 꼭꼭 닫아걸고 맞붙여 놓았다.

그러나 세상엔 아무 일도 없었다.
천왕봉의 영물스런 돌이나 가져올걸…….
세상은 말이 없이 해가 지고 달이 떴다.
용맹의 긴 수염 거세된 호랑이
정의의 혀끝도 굳어버린 나무 용龍.
요놈들을 아예 내쫓아버릴까, 버릴까 하는데,
문득 나무 용龍이 웅얼이었다.
"현대의 용호龍虎는 입다문 군자야."
"현대의 군자는 이목구비가 없어야 해."

고향

보름 남짓 설을 앞둔 어느 한밤중
정겨운 형님의 음성이
내 안에 잠든 고향을 깨운다.

혜욤 많은 어머니의 주름살이 주름주름
고향 산천처럼 펼치어지고
골짜기마다 내 어린 목소리는
메아리로 살아난다.
— 어무니, 어무니!

어느 설날이던가, 내 어린 날
성묘 갈 때 입혀주신 양단 두루마기
남색 두루마기에 수繡놓였던
운학雲鶴도 날개 펴 하늘을 날고

입춘 가까워진 어느 한밤중
전파를 타고 오는 형의 음성은
선량한 어머님의 말씀도 모시고 와
얼어붙은 나의 동심에 봄비를 뿌린다.

아홉 살이던가, 어느 입춘 날
뜻도 미처 모르고 써붙였던 글귀,
'입춘화발문장수立春花發文章樹'던가 하는 글귀가
고향집의 기둥에 가물가물 피어나고,
— 막둥아!
소 어디다 매었냐?
어머님의 음성으로 한결 포근한 고향,
소를 몰고 돌아오던 언덕길의 찔레꽃
발가벗고 첨벙이던
'가는 개'*도 보인다.

내 어린 마음은 고향에 살고
고향은 바다의 품에 안겨 푸르르니
— 어무니, 어무니!
잔물결로 주름지는 바다의 얼굴
어머니의 주름살에 고향 노을 비끼는가!

* 가는 개 : 전남 신안 도초 서면에 있는 세사細沙 깔린 갯가

긴 잔등

바닷가
긴 잔등
문바위로 가는 길
모진 목숨으로 뻗는 찔레가
파도 소릴 끌어안아 출렁인다.

금남로
긴 잔등
민주화로 가는 길
들찔레 푸른잎이 형형한 눈을 뜨고
맺힌 울부짖음 파도로 깨어난다.

응달과 양달이
한뿌리인 찔레넝쿨
뙤약볕에 눈송이 핀
바닷가의
긴 잔등

마음이 한뿌리인
찔레 같은 사람들

뜨거운 가슴으로 파도를 일으키는
성난 거리의
긴 잔등.

빨파 신설新說

만남과 헤어짐은 한 핏줄이다.
사랑과 미움이 한마음의 안팎이듯
기다림과 보냄도 한솥밥을 먹는다
도심의 건널목에서 만나는
기다림의 빛깔은 파랗고
보냄의 빛깔은 빨갛다.
아니, 그렇지 않아

민주화와 개혁은 한핏줄이다.
곡진한 사랑과 준열한 꾸짖음이
한마음의 이켠 저켠이듯
화합과 갈등도 한솥밥을 먹는다.
도심의 거리에서 만나는
민주화의 마음은 파랗고
개혁의 의지는 빨갛다.
아니, 그렇지 않아

저무는 20세기 바람 거센 날
충장로, 금남로, 중앙로…….
거리 거리에 쏟아져나온

붉고 푸른 눈동자들이 꼬리를 문다.
도시의 동맥과 정맥인 양 흘러가고 흘러온다.
지산골 푸른 숲속 뻐꾸기도
핏빛으로 뻐꾹이는 광주의 5월
그래, 그렇지 않아, 그러나
빨강 파랑은 살아있음의 깃발이다.

허 · 거 · 참

햇볕이 타래로 쏟아지는 날
백년초 가시에 손가락을 찔렸네.
시인 릴케는 장미 가시에 찔렸었다지?

일과를 마치고 차분히 들른
화장실에서 실족失足을 했네.
박대통령은 느긋한 마음으로 벌인 술자리에서
수족으로 여겼던 측근에게 총을 맞았었다지.
믿는 도끼에 발등 찍힌다던가.
아끼는 개에게도 손등 물린다던가?

허기야 거, 뭐드라
참말로 기찬 일 역사에 이미 있었지
어리디 어린 단종을
왕위에서 쫓아내어 죽인 세조는
바로 그의 작은아버지였것다!

허 · 거 · 참

내 가슴 널빤지에

널빤지에 박힌 못을 빼면서
반어反語의 참모습과 만난다.
빼기 위해 박아야 하고
박기 위해 빼야 하는 못
거부의 몸짓으로 깊숙이 파고들고
수용의 몸짓으로 완곡하게 버텨보는
연인들의 뜨거운 가슴을 생각한다.

연장궤를 짜느라 널빤지에 못을 치며
가슴에 울리는 망치 소릴 듣는다.
'무자식이 상팔자지, 상팔자여'
귀익은 음성이 대못으로 박힌다.
설움을 피맺힌 가락으로 풀고
기쁨을 울부짖음으로 토하는 백성들
그들의 가슴에 박힌 못을 생각한다.

누군가의 영구靈柩라도 되는 듯
정성을 다해 연장궤를 짜면서
내 가슴의 널빤지에 새겨지는 애환
널빤지에 누우신 어머님을 생각한다.

대추나무 사설辭說

하늘에다 베틀놓고
구름잡아 잉아걸고
대추나무 북에다가
짤그락짤그락
베를 짠다는 직녀
영원한 견우의 임을 생각한다.

대추가 주렁주렁한 가을하늘
땅에서 자란 대추나무를
하늘에 올려놓은 조상들의 꿈을 생각한다.
연이 걸리고 별이 걸리고
사랑의 전설이 걸려 빛나는
대추나무는 아무래도
윗 탯줄에서 태어난 나무다.

우리 조상들의 꿈을 빚어내고
우리의 꿈을 빚어낸
대추나무의 손을 바라보다가
한가위의 차례상에 오른
대추알에 내 인생을 비추어본다.

눈물이 난다

상쇠의 꽹과리
장구장단 흥겹고
태평소의 자지러지는 가락
청사초롱이 유년을 불러오고
홍 · 청 · 황의 복색이 눈부시다

짐대를 세우고 굿을 하고
영기 앞세워 원님놀이 하고
'농자천하지대본農者天下之大本' 깃발이 나부낀다.
흥겹고 신나는 잔치마당
장좌기 장좌기
눈물이 난다.

지신밟기, 오방돌기
액맥이 놀이가 벌어진다.
집안 태평하고 풍년들게 해줍소사
무병장수하고 잘 살게 해줍소사
손 싹싹 비비고 허재비 불사르고

주름살이 구수한 남정네와 아낙네

'느영나영 한마당'에 젊은이는 없다.
눈 씻고 보아도 젊은이는 없다.
왠지 모르지만 눈물이 난다.

한라 영산이 바라다보이고
고층빌딩이 바라다보이는
제주도의 잔치판에 나부끼는 깃발
'농자천하지대본農者天下之大本'이
돌연히 추레해 보인다.
별신님, 별신님
자꾸만 자꾸만 눈물이 난다.

※ 제주에서 개최된 제31회 전국민속예술경연대회에 출연한 '보성 장좌기받이 별신제'
의 중계를 보며.

무등산 등에 업혀

무등산 등에 업히면
번져오는 남도인의 체온
철따라 때를 가려
하늘자락 번갈아 걸치며
회갑 지난 어머니 같은 풍모로
지조 높고 의로운 이들 슬하에 거느려
그 이름 날로 빛이 나는 무등산.

봄이면 으레 겪던 몸살, 보릿고개
그게 언제부터인가
이빨깨나 돋은 자들의 미닥질로 바뀌더니
올해는 호랑이 해여서
호랑이들이 설칠 거라는 소문이
안개 속 천 리를 누빈다지만
무등산 등에 업혀 바라보면
너구리 개구리는 너구리 개구리로 보이고
사람다운 사람은 사람으로 보인다.

내일 설혹 용호가
천지를 뒤흔든달지라도

무등산 등에 업혀 바라보면
바람은 햇병아리 솜털로 모여들고
햇살은 씨암탉의 눈빛으로 흩어지니
아서라 세상사.
입춘서立春書나 써야지.

상사화相思花

봄 햇빛 산과 들에 출렁이고
복숭아꽃 살구꽃
아양 떨며 사랑 부르며
웃음 가득 피어날 때
상사화, 그 꽃을 본 일이 있는가.
녹음이 바다로 넘실대는 삼복
바래움의 하늘 강변에 기다림만 질근대며
만날 길 없는 가슴과 가슴
상사화, 그 무성한 이파리를 본 일이 있는가.

장독대 옆에 그린 듯 서서
정열의 눈을 뜨는 봉숭아꽃
하얀 꽃접시 받쳐들고
발돋움을 하는 마당귀의 촉규화는
어린 시절 기억의 원경이라 하자

잎은 이미 가고 없는데
벌가벗고 태어나는
유복자의 얼굴
그리움의 촛불로 피어오르는

상사화를 보았는가

만남이 아니라

이별 때문에 빛나는 그 보랏빛 눈동자를…….

그리고, 바람뿐이었다

수석인 모임에 끼어
수석 탐사를 한 적이 있다.
지리산 발치
섬진강 기슭…….
나선 김에 수석 한 점
명품 하나 얻자 마음 먹고
이것 저것 주워보았지만
모두 대견치 않아 버리곤 했었다.

이번엔
시인 모임에 끼어
옛시의 현장 답사를 했다.
식영정
송강정
면앙정…….
나선 김에 시 한 편
그럴싸한 작품 하나 얻자 마음 먹고
이것 저것 주워보았지만
모두 대견치 않아 버리고 말았다.

돌아와 챙겨지는 건
가슴에 가득한 강과 산과 하늘
그리고 들판에 설레던 바람뿐이었다.

곰솔나무 한 그루

아흔 고개를 오르시는 우리 어머니
허리 구부정한 어머니 같은
곰솔나무 한 그루 옮겨다 심었지.
황금의 연휴에 버스 타고 배 타고
아버님 산소 다녀오는 길
고향의 흙과 함께 파다 심었지.

오늘은 황혼을 뒤집어쓰고
고향 사투리를 빚는 작달막한 곰솔,
장성한 아들 딸들 셋도 더 잃고
돌부처도 돌아앉는다는 시앗을 보고도
울먹울먹 흥얼흥얼 팔자타령이나 하시다
수건 쓰고 땅만 보며 신세타령으로 사시다
쉰도 채 못 되어 영감마저 여읜 인생.

풍년이 들면 풍년이어 서럽고
가뭄이 들면 허리 휘는 세월을
만약에 체념이 없었더라면, 아, 없었더라면…….

섬기슭에 뿌리 내리고 가슴 피우며

세찬 바닷바람에 허우적이다
다시 몸을 가누고 눈 끔벅이는
꼭 우리 어머니 같은 곰솔나무

오늘은 황혼을 온몸에 감고
어머님의 곰삭은 한인 듯
시한*에 짓밟히는 청보리
보릿국 끓는 고향의 향기인 듯
그 구수한 사투리를 빚으며
곰솔나무 한 그루 내 뜰에 서 있네.

* 시한 : 세한歲寒의 전라도 사투리

나비, 파닥이는 날개 소리

그 사람 떠난 후로 나는
뜻밖의 채집가가 되었네.
나비, 파닥이는 날개 소리
그날 관 둘레에 핀 국화꽃 송이들이
나비가 되어 날개 펴는가 싶더니
망월동 가는 길목에서도 만났고
그날 저녁 뜨락에서 맴돌던 나비
내 귀에선 무시로 나비 파닥이네.
흰나비는 하얀 소리로
노랑나비는 노란 소리로

그 사람 떠난 후론 갖가지 물상들이
나비를 거느리고 다가와서
내 귀에 나비 파닥이는 소리를 진열하네
지난겨울 관리 소홀로 말라가던
영영 간 듯하던 배롱나무가
어찌어찌 푸른 숨을 타내더니
새싹 나고 새잎 피어 나비로 하늘대고
마침내 터를 잡은 푸른 날개 소리

그 사람 취미삼아 상자에 심어놓은
고추모 가지모가 그렁저렁 자라나
하얀꽃 진보라꽃 몇 개씩 달고
나비, 파닥이는 날개 소릴 빚네
고추꽃은 빨간 소리
가지꽃은 보라 소리
차곡차곡 내 귀 속에 채집되는 날개 소리

그 사람 취미삼아 만들다 둔 카펫
'솔' 담배 빈 갑 접어 만들다 둔 카펫
하루 한 갑씩의 '솔' 담뱃갑 빌 때마다
금박으로 날아올라 파닥이는 날개 소리
가지가지 빛깔의 날개 소리 되새기다
문득 나는 외로운 나비
그 사람은 나에게 날개 소리만 남긴 채
간 곳이 없고 간 곳이 없고
아, 진짜 간 곳이 없고…….

차마 못한 말 한 마디

혀끝에서 맴도는 걸
꿀꺽 삼켜버린 말 한 마디
못 당할 일 당한 후로 처음 찾은
어머님 묘 앞에 엎드렸을 때
가슴에서 치밀어 입안에 찬 걸
꿀꺽 삼켜 눌러둔 말 한 마디
그 말이 혀끝에서 떨어진다면
눈물의 작두샘에 깊숙이 박아놓은
작두샘의 작두질이 시작될까 봐
차마 하지 못한 말 한 마디
하고픈 말 참아두면
심화병이 된다던데
날이 갈수록 되살아나는
차마 하지 못한 말 한 마디
눈발이 날리는 저녁 어스름
나는 황소처럼 새김질을 하고
모과덩이인지 솔방울인지
청솔가지에 매달리는 말 한 마디.

날개 펴는 노거수

천의 손으로
하늘을 받들고 6월의 햇살에
만의 눈을 뜨는 노거수盧巨樹
옛 백제 땅 대촌고을
뿌리 깊은 은행나무가 발돋움을 한다.
저만치 설토화는 시나브로 지는데
뻐꾸기 소리 속에 날개를 펴는
할 말이 하 많아 입을 다문 나무

기구한 역사의 피멍이 터졌을까
두고두고 덧붙어 엉긴 응어리
가슴에 모개덩이 아니면 옹이
그런 게 뭉텅이로 빠진 것일까
옆구리에 커다란 동혈洞穴을 지니고
인고忍苦에 길들은 터주대감

몇해 전이던가
조무래기들의 불장난으로
동혈에 불이 붙어 여나문 시간
죽을 곤욕 치렀다는 나무답잖게
푸른 숨결 허공에 뿜어대는

모진 목숨 끈덕진 집념의 화신

높은 가지는 높은 가지대로
낮은 가지는 낮은 가지대로
사랑도 가지가지 서러움도 가지가지
동서남북 가지마다 이파리마다
제나름의 한이 쌓여 나이테는 느는가.

함성인지 절규인지 출렁이는 들판
6월의 햇볕 속에 기세 좋은 나무
3, 4월이 가고 5월도 가고
설레는 바람에 수염 나풀거리는
노거수는 오늘도 발돋움을 한다.

남도의 하늘을 이고 사노라면
사노라면, 사노라면……
골백 번도 더 뇌이며
천 년 세월 굽이굽이 누벼온 은행나무
대촌고을 노거수가 날개를 편다.

※ 광주시 광산구 대촌에 있는 수령 천 년이라고 전해오는 은행나무에 부쳐

편지 한 구절

떠나시며 절 찾으셨나요?
은영아! 부르는 엄마 목소리
이젠 정말 들을 수가 없나요?
엄마가 세상 떴다는 비보 받고
파리에서 띄운 딸의 편지 한 구절

엄마는 지금 어느 땅 끝에 누워 계시나요?
무얼 덮고 어떻게 누워 계시나요?
흐느끼는 소리가 획마다에 스미고
눈물로 얼룩진 딸의 편지 한 구절

가을은 오는데
그 사람 걸우어 놓은 단감나무에
감은 주렁주렁 누른 빛을 띠는데
인생이란……… 인생이란…… 되뇌다가
답장 한 장 제대로 쓰지 못하고
귀뚤귀뚤 소리 속에 또 밤을 맞는다.

해후邂逅

까치설날 아침의 해후
한 무리의 기러기 떼를 만난 것은
무등산 등성이 어디쯤이었을까
참새 떼 바람에 마음의 티끌을 털며
숨이 차게 올라온 일상의 영마루.

맨손체조를 하다
둘 둘 셋 넷 고개젖히기를 하다
문득 만난 사람 인人 자,
무수한 날개들의 질서에서 태어나는
커다란 사람 인人 자
어쩌면 그건 까마아득히 사라져가던 사연이었다.

백설도 매화향도 감감 소식이고
한기만 겹겹으로 쌓이는 하늘
어느 때던가 아득한 날에
정표로 나누어 지녔던 거울 조각이듯
어디선가 만났다 헤어진 지 오래인
한 무리 기러기 떼와의 만남.

그들의 몸짓에서 내 어린 날
연鳶 줄에 실어보낸 꿈을 만났다.
까치설빔 두루마기에 수놓였던
단정학의 마음결을 만났다.
아아, 정처없이 떠도는 내 영혼 같은
연보랏빛 그림자를 만났다.

어느 날 아침 동시를 읽다

아기 동지를 대엿새 앞두고
아기 예수의 탄일을 일여드레 앞두고
내린 신설新雪
아침을 맞으려 문을 열자
세 살 난 꼬마 명지가 소리를 친다.
"음마, 누가 소금을 했대!"
놀란 토끼 같은 눈을 하며
누가 소금을 뿌렸냐는 것이다.
옆에 있던 막냇삼촌 재신이
꼬마를 번쩍 안아올리며
"그래, 그래 눈소금이다. 하나님이 뿌렸지!"
네 개의 티없는 눈동자가 빛나고
하얀 눈과 소금이 빛나고
하늘과 바다가 한데 어울린
구김살 없는 마음

나는 한 편의 동시를 읽으며
문득, 천사의 날개 소리를 들었다.

꿈나무 분재

취미삼아 할 만한 게 분재라기 토분土盆에 잡목 몇 그루 심어놓았다.

전문가가 보면, 그게 분식盆植이지 무슨 분재냐, 웃긴다 하겠지만.

어수선한 가지들을 잘라내고 다듬으니 마치 어수선하던 내 꿈의 가닥을 추려 고딕체로 강조한 것 같아,

분재는 사라지고 햇무리가 들어선다.

전정가위로 쓸모없는 가지를 치며 내 어릴 적 꿈을 키우던 가위의 사상을 반추한다.

색종이를 오려 매화꽃을 피우고 병아리를 만들고

색종이를 오려 나비를 날리고 제비를 날리던 가위,

엿장수의 가위 소리에 군침을 삼키며 창공에 떠오를 연을 만들던 가위

그런 가위가 왜 '미지未知'의 세계인 X표가 되는가를 되새겨본다.

꺾꽂이 상자를 만들어놓고, 어미나무에서 삽수揷樹를 자르다가 문득 내 출생의 순간에 어머니와 나를 갈라놓기 위해 탯줄을 잘랐을 가위를 상상한다.

나를 독자적인 존재로 만든 가위, 고작 핏덩이인 내 생명을 싸서 기른 강보를 만들었을 가위

그런 가위가 왜 '부정否定'을 뜻한 X표인가도 곰곰 생각해본다.

내 머리털을 잘라내는 이발소의 가위나 숯불 갈비집의 갈비를 자르는 가위를 볼 때에도 나는

'지'와 '미지', '긍정'과 '부정' 사이를 헤매기도 하고 서로 교차시켜 곱[×]해 보기도 한다.

가위로 더불어 태어나고 가위와 더불어 자라난 나는 지금도 간혹 꿈속에 가위눌리며 목숨을 부지하고 있으니, 아예 내 심장에 수술 가위로 천도복숭아나 조각을 할까.

내가 시를 쓰는 일은 들쑥날쑥 어수선한 내 인생의 가닥을 추려가며, 가위로 자른 듯한 고딕체 활자로 꿈을 다듬어 정리하는 일, 무시로 돋아나는 잡초를 뽑고 물뿌리개로 물을 주는 일.

아하, 어쩌면 나의 시는 꿈나무의 분재, 바로 그거다.

가을

가을의 마음은 돌아감이다
향기론 꽃으로 피던
봄날의 환희도
햇볕에 그을리며 매달렸던
여름날의 정열도
돌아가기 위한 발돋움이었지
하늘을 주름잡는 기러기 떼를 보면
넉넉하고 옹골진 열매들을 보면
고향의 얼굴을 떠오른다.

가을의 만남은 돌아옴이다
지난 날에 떠났던 철새들도 돌아오고
길가엔 목을 늘이고 돌아오는 코스모스
그 거센 비바람을 견뎌내며
속살을 다져온 능금이며 대추도
허공에서 대지로 돌아오는 계절,
자연이건 인간이건 돌아옴의 길목에 가을물은 흐르고
우리는 마침내 자기로 돌아온다.

도깨비 상자

밤마다 나는 도깨비를 만난다.
어렸을 적
말만 듣고도 질겁을 하던
도깨비를 매일 밤 만난다.

도깨비 상자 안에서
춤추고 노래 부르고
온갖 잡동사니짓을 다 하는
헛것들도 만나고
춘향이 심청이도 만난다.
귀신이 곡할 만한 묘기로
온통 내 혼을 빼는 놈
제법 쓸 만한 정보를 지껄이는 자,
혹은 당당한 괴수들이나
우러러 뵈는 선인들도 만난다.

언젠가는
김구 선생을 만났고
존 에프 케네디를 만났고
김현승 시인도 만났다.

실체가 없는 그들은
혼령이거나 그림자
아니면 환영 같은 거
아니 어쩌면 도깨비인데
말만 들어도 겁을 먹던 내게
소름이 일지도 않았던 건
아무리 곱씹어봐도 이상한 일이다.

안모安某의 흉탄에 쓰러져
'하늘도 땅도 울고 바위조차 울'었던 백범 선생
그는 필시 무덤에서 나왔을 텐데
나는 어찌 태연할 수 있었을까?

연전, 알링턴 묘지에 갔을 때,
줄곧 타고 있는 케네디의 혼불 앞에
묵념을 한 바 있는 내가
그를 다시 만나다니
말도 되지 않는데,
숭전대 교정 영결식에 참석해 헌화를 하고
모란공원묘지에서 하관까지 지켜보며
눈물 흘렸던 내가

다형茶兄 선생님을 만나고도 아무렇지 않다니
알다가도 모를 일이다.

도깨비도 자주 만나면 친숙해지는가?
천삼라지만상天森羅地萬象이 방 안에 들어오고
사단칠정四端七情이 무르익으면
앉아서 천 리 서서 만 리를 본다는
옥황상제라도 나오나 싶어
밤마다 가슴 죄며 잠을 설친다.

알라딘의 램프에 불이 켜지면
백 년 묵은 백여우인 듯 둔갑을 하는
도깨비는 밤마다 내 앞에 나타나고
도깨비 텔레비 텔레비전 도깨비전

어느 날 문득,
도깨비 상자에서
얼빠진 듯 겁도 없이 앉아만 있는
먼 먼 훗날의 나를 만난다.

어느 가을

가을이 성큼 다가서더니
할 말이 없느냐고 정색을 한다
군데군데 구름이 걸린 하늘에는
막 황혼이 물들고 있었다.
높이 떠서 풀리는 구름엔 어머님의 흰 머리칼이
낮게 드리워져 발그레한 구름엔
아내의 한숨이 피어나고 있었다.
내 한생 가장 가까웠던 것들이 보일 뿐
말은 어느새 증발해버렸다.

귀뚜라미 소리도 같고
호루라기 소리도 같은 것이 주위를 감싸자
내 가슴에서는 낙엽이 바스락거렸다.
퇴색한 공납금 영수증과 새끼들의 눈동자와
맥빠진 시편詩篇들이 어지러이 날렸다.
진실한 언어는 점점 윤기를 잃어가고
메마른 바람만 서성이는 언덕
탐스런 열매들이 무겁게 고개를 저으며
측은한 눈으로 나를 흘금거렸다.

유달산 조각공원에서

유달산 조각공원에 세워진 '비상飛翔'은
목포 시민들의 꿈이라 하자.
날개 펴던 동섬의 숲을 잃어버린
전설의 학들은 잠을 설치고
지금 어느 하늘 아래 비상하고 있을까?

유선각에 오르는 숨이 찬 길목,
초라한 '횟집'에서 제비를 만난 것은
여름해가 설핏한 해어름이었지.
벽에 걸린 시계 위에 보금자리 틀고
새끼 낳아 기르는 흥부네 제비,
초현실과 그림 같은 현실 앞에서
문득 시민들의 꿈을 보았다.

하늘을 조각하는 일등 바위 아래
넘어질 듯 넘어질 듯 깎아지른 절벽,
절벽 틈에 뿌리박은 곰솔들은
바다를 굽어보며 바람을 조각하고
항구를 드나드는 크고 작은 배들은
바다를 조각하기에 분주한 곳,

가파른 산허리의 공원 주변
'횟집'의 제비가 시간을 조각하듯
시계를 깔고 앉아 시간을 조각하듯
사람들이 고난을 딛고 꿈을 조각하는 곳.

사시사철 표정이 달라지는 유달산.
그 커다란 경석景石을 바라보며
마음의 날개를 활짝 펴는 목포,
삼학도의 학이여! 그대들도 돌아와
노적봉을 선회하라 강강수월래.

지산동의 아침

무등산의 심장이 목탁소리와 더불어 뛰기 시작하고
이마에 엷은 면사포가 걷히면
잠을 깨어 꾓재를 넘어온 바람이
이집 저집의 뜨락을 서성이며 발하는
귀에 익은 헛기침 소리와 함께
지산동의 아침은 온다.

오지호 화백의 예술의 텃밭에
칸나가 자라고
서정주 시백의 청빈의 노래
'무등을 보며'가 태어난 마을

오래전에 터를 잡은 식물원에서
일을 하며 어깨너머로 구경도 한 덕분에
가난하나 화초에 무심치 않은 이웃들의
걸걸한 목소리가 새어나오는
꾀죄죄한 골목의 대포집 앞에도
소나무 소사나무 분재가 놓이고

마침내 극락강에 들어설

지산동 사람들이 퍼올리는
밤새 고였던 샘물은
쌍다리를 지나 동계천으로 흐르고
광주의 오지 지산동 골짜기
그 맑은 새소리를 무참하게 헤집고

춘란 잎새에 반짝이는 이슬을 털며
밀려드는 도심의 잡담과 소음을
피할 길 없는 가난한 이웃들이
허리띠를 조르고 신발끈을 매고
빛나는 눈으로 하루의 안녕을 다지는 아침
바람은
무등산의 허리쯤을 감돌다
꾓재를 넘어온 바람은
이집 저집을 돌아다니며 대문을 열어놓고
빈 바랑을 짊어지고 어디론가 떠난다.

느티나무
–자화상

언덕이나 마을 어귀
뿌리내리면 붙박이는 느티나무,
물 갈아 먹기를 싫어한다.
삼동에도 끈덕지게 연륜을 다지며
잎을 기다리고 열매를 기다리고
여름날엔 매미 소리 속
그늘을 늘이기 좋아한다.
온갖 시련은 바람을 불러 심호흡으로 삭이고
먼 산에 비구름 몰아올 때면
뿌리에 힘 모두고 천千의 눈을 뜨는 느티.

3부

서석대瑞石坮

무돌, 무딘, 무등산은
푸른 갑옷 두른 돌무더기
늠름히 버티고 선 선돌은
이마로 햇빛을 받아
멀리 영산강 수면에
덕담 실은 화살을 쏘고
풍요로운 산야 굽어 살펴
높낮이 가림없이 어둠을 털어낸다.

더러는 넘어져 두 동강 나고
짓눌리고 밟혀도 버티는 뚝심
더러는 뒹굴다가도 무릎 세우는 슬기
그게 깡다구란들 어떠랴.

어깨 겯고 단호히 대치한
대오와도 같은 서석대는
할 일 하고 안 할 일 안 하는 지조
뼈와 뼈의 만남으로 태어난
공룡의 모습을 보여준다.

무돌, 무딘, 무등산은
신비의 이끼 뒤집어쓴
공룡시대의 돌탑이던가.

너덜겅
–무등산의 돌

너덜겅은 역사의 물굽이에 널브러진
돌들의 마을, 방구데미
돌과 돌이 어우러져 웃고 운다.
돌이 돌 위에서 발돋움하고
돌을 무동 태우는 돌들의 한마당.

멀리서 바라볼 땐
안 풀리는 수수께끼이다가
세월인가 네월에게 할퀸 상처이다가
정작 가까이 가면 딴전을 부리는 너덜겅
석기시대의 생수를 흘려낸다.

모나고 붙임성없는 것들이
봄이면 철쭉꽃을 뿜어내고
가을이면 핏빛 단풍 토해내고
겨울이면 눈꽃을 빚는 솜씨
눈을 번쩍 뜨게 하는 심청이던가.

그리하여
숲을 보라고 한다.

하늘을 보라고 한다.

피어나는 산의 정기를 보라고 한다.

아니, 무등산의 참모습을 보라고 한다.

게발선인장

밖에는 영하 9도의 추위가
가시울처럼 둘러워 있고
머리맡에 앉은 게발선인장은
손가락 깨물어 수혈을 한다.

손가락 끝마다 피어나는 꽃
어느 효녀의 손가락도 아닌
어느 열녀의 손가락도 아닌
한낱 선인장이 수혈을 한다.

수도관이 얼어 터지는 겨울 한복판을
맹물만 마시고 버틴 목숨
한움큼 흙의 힘으로 불을 밝히고
어둠을 헤쳐 초롱을 달더니.

오늘은 선지피 흘려
까무라친 내 시혼詩魂에 수혈을 한다.
밖에는 영하 9도
흰 눈이 내리는데…….

가을 폭포瀑布

폭포의 얼굴은 보이지 않았다.
갈갈이 찢긴 아우성
풀어헤친 은실타래
세상의 다양한 목소리와
사람들의 꿈빛깔이 어우러졌다.
본디 마음이 합하고 갈라지고
거기 때로 낙엽들이 끼어든다손
아랑곳없이 벼랑을 뛰어내리는 폭포는
성성한 백발 휘날리는
춘추마저 잊어버린 그냥 신선이었다.

단상斷想

텅 빈 강당엔 나만 남았네.
하얀 벽, 책걸상
가을 햇볕 따가운 유리창
나만 두고
모두 가고 없네.
현대시 시험 끝나고
답안지 챙기다 보니
문득 나만 남았네.

그래, 언젠가는
나만 가겠지.
파아란 하늘 풍요론 들판
가을 햇빛 단풍잎에 빛날 때
제자고 혈육이고 남겨두고
나만 혼자 가겠지.

저승이 어떻고 영혼이 어떻고
영생 어쩌고 하는 이도 있지만
언젠가는
손때 묻은 책들

정든 사람들
아끼는 모든 것 남겨두고

텅 빈 하늘에
구름처럼
나만 혼자 가겠지.

새옹지마塞翁之馬

민물고기가 돌아왔단다.
말라붙었던 개울
바닥을 드러냈던 웅덩이에
민물새우 미꾸라지 송사리
농약 땜에 꼴을 못보던
민물고기 되돌아왔단다.

보기 드물게 혹독한 가뭄
보기 드문 불볕더위
지하수 퍼내도 퍼내도
타들어가는 논밭 축이지 못하고
농민들의 한숨 하늘에 닿더니
비 좀 내려 물 고이니 돌아왔단다.

병해충도 범접 못한 목마른 들판
농약 안 쓴 덕분에 돌아왔단다.
모처럼 민물고기 되돌아왔단다.
세상만사 새옹지마라더니
새옹지마라더니…….
돌아와서 지느러미 하늘댄단다.

참대의 시詩

때때로
마음의 문을 두드리는 대숲의 참대
봄이면
죽순으로 솟아
수건 쓰신 어머님을 다시 뵙게 하고
바람부는 날에는
세상 사는 법을 몸소 보여주는…….

땅에서 나고 자라
하늘에 걸린 기품
속사랑은
마디마디에 숨기고
곧은 마음 휘이는 슬기가
따로가 아님을 보여주는…….

어떤 이는
분재랍시고, 뱀 기어가듯 꼬불리고
또 더러는
세모 네모 거푸집 짜서
학대를 하며 해낙락하더라만

세상이 다시 개벽한달지라도
참대는 곧고 동글고
해묵을수록 윤기나는 것
아니, 그것은
하늘 향한 푸른 마음의 푯대
누가 뭐래도 본래 참대로 태어났기에.

나중 난 뿔이

나중 난 뿔이 우뚝하다던가?
시작이 반이라던가?
시작이 반임을 깨치는 데에
반 평생을 보냈으니
그 뿔 우뚝해질 법이나 한가?

큰 그릇은 더디 채워진다던가?
동그라미는 끝이 없다던가?
동그라미가 끝이 없음을 깨치는 데에
반평생 훨씬 더 걸렸으니
그 그릇 채워질 법이나 한 일인가?

정적靜寂은 끝이요, 영원永遠이다

순간 순간을 살아가는
나의 실체를 본다.
영원이 순간이라면
나는 영원 안에 있다.

온갖 소리에 시달리다 잠이 든 밤.
내 잠 속에 펼쳐지는
꿈속에도 소리는 가득하니
아무래도 소리를 피할 길이 없다.

정적은 어디에서 찾을 수가 있을까?
내 안이거나 밖이거나
어디쯤에 숨어서 기다리고 있을까.

정적은 순간의 끝이요
영원의 시작임을
온갖 소리로 하여 나는 안다.
누구나 한 번은 맞이할 그 정적靜寂.

무등산의 봄

산이 앓고 있었다.
열에 떠 있었다.
홍역꽃 피듯
진달래, 복사꽃 터지고
산의 정기가 온통
가지 끝에서 뿜어나고 있었다.

산의 무릎쯤일까,
어느 기슭을 오르며 쳐다본
무등산의 상기된 표정은
사뭇 뿌듯해보이고
내 가슴속에도
무어라 이름할 수 없는 것이
차오르고 있었다.

산이 신열에 떠 있었다.
몸살을 앓고 있었다.
등성이마다 힘겹게 푸는 소리
온몸에 피가 거슬러오르는
진한 사랑앓이가 번지고 있었다.

그렇다

산은 봄의 돌개바람에 휩싸여 있었다.

부처님의 손

어쩌다 들어앉은
내 서재 문갑 위의 금동불상
중국 서안 농촌 아낙네의 손에서 닳아진
조그만 금동제 좌불
빛나는 이마
다문 입술
그 아래 또 하나의 입술
유두가 빛나고…….

바람 같은 인생
아, 그 채워도 채워도
차지 않을 허공
허공을 받쳐든 투명한 손
흘러갈 것은 흘러가고
머물 것은 머무는
그 다함없는 마음자리
나 그 곁에서 눈을 감는다.
아니, 고즈넉이 마음의 눈을 뜬다.

그대 잠꼬대에

그대 잠꼬대에
비어져 나온 내가
내 꿈속에 들어온 그대와 만나
나눈 이야기에
귀 기울여본 사람이면 알까?
한 길 사람 속의 깊이를 알까?

밤 바다에 뜬
하늘의 별들이
일렁이는 미역 가닥과 속삭이는
은밀한 소리에
귀 기울여본 사람이면 알까?
사랑의 무게를 가늠할 수 있을까?

철 따라 달라지는 바람의 방향
바람 따라 달라지는 마음의 방향
나의 마음은 바람이다
바람에 실려가는 한 조각 구름이다
바다에 떠 흐르는 흰구름이다.

병상에서 만난 사람

아침마다 기다려지던 정순두 씨
쓸개 떼어내버리고 누워 있는
내 병실의 단골 손님
그는 신문팔이다.

의사 간호사 문병객
아침부터 저녁까지 수많은 사람들이 드나들었지만
그 성한 이들과는 사뭇 다른 정순두 씨
그는 지체부자유자다.

사대삭신 멀쩡한 나는 쓸개 없는 결손 인생
오장육부 쌩쌩한 그는 극심한 안짱다리 인생.
신문을 한아름 안고 오리처럼 뒤뚱뒤뚱 걸으면서도
언제나 '이히 이히' 웃던 젊은이
처자식 거느리고 행복하게 산다는
그는 누가 뭐래도 마음의 부자다.

한 부에 이백 원짜리 신문을
어느 날 아침엔 일백 원만 주란다.
그래도 이백 원 줄까 하다 백 원만 주었더니, 몹시

흐뭇한 듯 눈이 감기고 잇몸이 다 드러날 정도로
웃으며 나가던 인정 많은 젊은이

아침이면 누구보다 기다려지던 신문팔이
퇴원한 지 오래인데도 안 잊히는 정순두 씨
그는 오늘 아침에도 어느 병실을
뒤뚱뒤뚱 드나들며 '이히 이히' 웃음을 잃지 않겠지.

숫자 인연기因緣記 1

잠 깨면서
지금 몇 시인가?
잠들면서
내일이 며칠이더라?
꿈속에서까지도 한눈 파는 일 없이
나를 지키고 따르고 이끌며
말없이 채근하는 그대.
때론 나를 환호하게 하고
때론 굴복하게 하는
그대의 빛과 그림자는
내게 쏟아붓는 사랑인가 간섭인가?
그걸 몰라 이렇게 헤매고 있지.
그대 영원한 카리스마여!
그대 그리워 달력을 쳐다보며
눈을 붙이지 못하기도 하고
그대를 잊으려
원수를 떠올리기도 했었지
그러나 결코 떨쳐버릴 수 없고
내 몸처럼 사랑할 수도 없는 그대.
나의 하늘 나의 바다에 펼쳐진
촘촘하고 질긴 숫자의 그물코여!

광주천의 눈

천변로를 지나며
몰라보게 달라진 내 눈을 본다
스무 살 무렵이던가
그때의 내 눈이 가는 곳은
냇가에 쭈그린 아낙네의 엉덩이나
흰 빨래를 헹구는 흰 손이었지.

풀잎들이 신나게 날려보내는 흰 나비가
물 속에 파닥이던
그 맑은 하늘은 간 데가 없고
숨죽이고 엎드린 구정물만 보인다.

천변로를 거닐며
몰라보게 변한 내 눈을 본다.
스무 살 무렵인가
그때의 내 눈이 머무는 곳은
뽕뽕다리 아래 첨벙이는 하동들
피라미를 쫓는 피라미들이었었지.

바람이 하롱이며

물보라를 흩뿌리던
그 시원스런 흐름은 볼 수가 없고
능구렁이처럼 뻗은 물길만 보인다.

내 눈은 이토록 흐릿해지고
그 맑고 상큼하던
냇물의 눈빛도 이미 갔구나.
자식이 죽으면 가슴에 묻는다던데
아, 옛날의 광주천 광주천
그 순결 그 청정은
내 추억 속에나 묻어야 하나.

양파 수경기水耕記

주름진 세월의 한 자락
아득한 곳에서 들려오는 소리
삼단 같은 검은 머리
파뿌리가 되도록…….

며칠 전에 눈에 띈 싹이 난 양파
요릿감으론 너무 늦었다 싶어
유리컵에 물 담아 올려놨더니
투명한 공간에 펼쳐지는
흔적없는 시간들
시간은 많은 걸 바꿔놓는구나
지수화풍地水火風이라 했던가
엠페도클레스 간 지도 이천 기백 년
흙이 없이 자라는 생명을 본다.

그러나 아무리 억지를 써도
우리는 흙으로 돌아가고
물로 돌아가는 거
아니, 물로 태어나
빛으로 흩어지는 거

마침내

사랑과 연민의 눈길을 남겨두고

흔적없이 사라지는 바람 바람일 것을…….

상想

내 마음의
안개지대를 지나다 만난 절벽
벼랑에 매달린 곰솔나무엔
가느다란 햇빛이 걸리고
지나간 시간의 실꾸리가
얼마나 풀렸을까.
이윽고
내 기억의 거미줄에서 파닥이는
날개 소리가 터널을 벗어나고 있었다.
신라의 고도古都를 찾아가는 길목
버스의 차창엔 낙엽이 부딪치고
모랫벌에 밀려오는 해조음海潮音이
나의 귓속을 후비고 있었다.

감

가을 풍경화의 단골 손님
감나무에 주렁주렁한 감은
가을의 정이 들고 나는
창구인 것을…….
차창 밖을 스쳐가는 산촌

잎 떨군 감나무에
주렁주렁 열린 감은
우리 가슴에서 정감을 퍼올리는
두레박인 것을…….

문명은 계절의 순정마저 짓밟는구나
도시의 정원에 선 감나무에서
감은 신음 소리를 듣는다.
주근깨투성이요, 탈바가지 같은
감의 일그러진 얼굴을 본다.

아니, 하늘의 가을강에 흐느적이는
변형어를 본다.

히말라야 산맥을 조망하며

산山은
햇빛의 금실타래 온몸에 휘감고
만년설과 더불어 명상하고 있었다.
헤아릴 수 없는 전생을 거느리고
빛나는 이마와 더불어
방향도 없이 가고 있었다.
헤아릴 수 없는 내생來生을 향해
날개를 펴는 산의 얼굴에
무늬지는 시간의 그림자

산山은
멀리서 가까이서
다가오는 자의 가슴에
천세의 언어
만세의 비밀
새겨새겨 주며
의연히 미소짓고 있었다.

나를 만나며

풍성했던 잎 다 떨구고
잠잠히 서 있는
은행나무
고생대부터 자랐다는 은행나무 주변을
무상한 시간이 감도는 정원에서
문득 대문을 들어서는
나를 만난다.
활자로 둔갑하여 편지에 달라붙고
우편낭에 숨어서 돌아다니다
대문을 열어젖히고 들어서는
나를 만난다.
반가운 피붙이나 친지를 동반하고
나를 찾아오는 나는 참 많기도 하다.

백목련 우아한 자태에 끌린
철쭉꽃이 사랑의 말 빚고 있을 때
활자로 둔갑하고 사진으로 변신하여
우편낭 속에서 뛰어나오는 나를 만나면
나는 돌개바람에 휩싸인 듯 열에 떠 서성이고
내 서재의 책갈피나

도서관의 어느 두툼한 책 속에서
나의 분신을 만날 때면

나는 어느덧 은행나무가 된다.
내 한몸 자연으로 돌아간달지라도
나는 이 세상 어디엔가 있겠거니
고생대부터 있었다는 은행나무처럼
내 피붙이의 핏줄에 스민
수많은 나를 무시로 만날 수 있겠거니.

한국의 하늘금

한국의 산들이 그려내는 하늘금*은
우리 어머니들의 마음을 닮았다.
마냥 주기만 하는 사랑처럼
구김살 없고 모나지도 않다.
들길에서 만나는 한국의 하늘금은
우리 할아버지들의 덕담을 닮았다.
무명베 보자기에 싸두었던 그 말씀
인간의 도리라든지
겨레의 염원이라든지
질 높은 삶의 방식 등등
우리 가슴에 안겨주신 유산과도 같다

가까이서 쳐다보는 봉우리가 빚는
한국의 하늘금은 돋보인다.
옛 선비들의 지조와 같이 돋보인다.
아득히 먼 곳에 가로누운 여인 같은
산줄기와 연봉連峰들이 그려내는 하늘금은
우리 민족사의 기복起伏이라 하자.
헤일 수 없는 고난과 시련을
묵묵히 삭여낸 슬기와 끈기

그런 거 모두 걸죽히 반죽해
가야금 열두 줄에 실어 가락을 빚고
쌓이고 곰삭은 한은 춤사위에 실어
흥겨운 물결로 일렁이게 하는
한국인의 삶의 모습이 우리 하늘금인 것을…….
우리의 유연하고 넉넉한 마음결
한국의 하늘금은 신토불이인 것을…….

어쩔거나.
언제부터인가.
한국의 하늘금이 변해가고 있으니
이를 어찌할거나.
모나고 비정하고 뾰족하고
하늘을 찌르는 고층빌딩
산허리를 허물고 일어선 아파트
영마루에 우뚝 솟은 전망대
이들이 그려내는 하늘금이
괴물처럼 엉금엉금 다가오고 있으니
어찌할거나
오만하고 매정한 서구의 하늘금

그 맹렬한 도전 앞에

조화를 잃어가는 한국의 하늘금.

* 하늘금 : skyline

제주의 색채 이미지

제주의 첫 인상은 노란빛이다.
감귤, 무르익은 파인애플
유채꽃, 달맞이꽃
기다림의 표상인 양 서 있는
돌하르방 주변
너울너울 춤추는 노랑나비다.

제주의 인상은 갈맷빛이다.
가는 곳마다 철썩이는 바다
작으나 당찬 조랑말 노니는 초원
수시로 만나는 그 많은 오름들
사람들의 마음까지도 갈맷빛이다.

뜸을 들여 한참 더 사귀어보라.
눈 덮인 한라산이 흰 사슴으로 다가오듯
하얀 가슴으로 파고드는 제주는
서귀포 달빛 속의 문주란이다.
사랑에 상처입어 실성한 사내 이야기
이봉구의 소설『풍토』에 피어서 나를 울렸던
내 20대에 만난 문주란의 흰 얼굴
용두암에서 유리구슬로 흩어지는 물보라

천지연에서 은가루로 날리는 물안개
이는 제주에 사는 이의 사랑의 빛깔

어디 그뿐이랴
성산포 일출 무렵
구름빛을 머금어 피어나는 유도화
발길 닿는 곳 어느 길섶에서나
불타는 눈빛의 화살로 꽂혀오는 칸나
겨울의 동백꽃, 봄의 산철쭉
이는 쓰라리되 떳떳한 역사의 자취
항파두리 성터에 뿌려진 핏빛이다.
자주自主를 위해 서슴없이 뿌린
아득한 옛날의 그 자줏빛

아, 솟대처럼 아슬한
에메랄드빛 제주
가슴 훤히 트이는 해원海原
해녀들과 갈매기가 눈짓으로 교감하고
형형색색의 어족이 누비는 곳
제주는 산호초의 빛나는 성곽이다.

꿈의 변주變奏 1

암벽 위와 아래 한 쌍의 사슴
목을 늘여 산삼 잎을 맞물고 있다.
한여름 가느다란 유리관의
눈금을 오르는 핏줄 같은 산길
송이버섯이 미끈하게 자란다.

위에서 굽어보는 연못 속에 부레옥잠
지느러미 하늘거리는 금붕어가 탐스럽고
저 멀리 하늘 자락에
뭉게구름이 가락을 빗는
여름 언덕에 합환화合歡花 피고
매미 소리는 폭포 속으로 스며든다.

꿈을 깨기 위해 꾸어지는 거고
사랑은 꺼지기 위해 타는 불꽃인가.
참나무 가지를 타는 다람쥐 한 쌍
다시 이는 바람의 숲속에서
눈빛이 초롱한 다람쥐 한 쌍.

꿈의 변주變奏 2

소나기 한 줄금
소녀가 내 팔짱을 끼고
나긋나긋
풍겨오는 풀 향기

자판기에서 밀크커피 한 잔
강아지가 꼬리를 치며
내 아랫도리에
보송한 털의 머리를 비빈다.

가늠할 수 없는 넓은 들판
길이 끊기고 이어지고
시곗바늘이 외로 돌다
오르로 돌다 한다.

내 어릴 적 얼굴과
이순耳順 지난 얼굴이 포개지고
아침인지 저녁인지
노을 비낀 하늘 아래
한 소년이 송아지의 등에 타고 있었다.

박홍원 시인바라기의 그리움

문우종 고향 후학/시인, 수필가

내 고향 '도초도'의 '큰산'을 닮은 '어등산' 아래, 노년의 쉼터에서 밤하늘에 큰 별을 바라보며 그분을 추억하고 그릴 때마다 까까머리 소년이었던 1969년 9월, 그분의 첫 시집 『설원雪原』을 아무런 의미도 모른 채, 그저 신기하고 좋아 호롱불에 비추어 보며 품에 안고 잠들었던 기억이 새롭습니다.

평생 흠모하고 우러르며 존경했던 그분을 홀연히 떠나보낸 지 어언 20여 년, 감히 이제 천상에 계신 그분, 경산鯨山 박홍원朴烘元(1933.9.1~2000.1.5) 시인을 칭송하고 사랑하였던 순박하고 정 많은 고향 사람들의 애틋한 그리움을 그분에게 고하고 그분을 추억하고 기리는 우리 이웃들에게 알리고자 합니다.

뒷산에 오르면 발 아래 마을에선 섬사람들의 슬픈 이야기와 정겨움이 부르고, 멀리 '우이도'와 '칠팔도 등대'며 '흑산도' 너머 서해의 수평선이 손짓하는 내 고향 섬마을은 지형이 다섯 꽃잎 매화와 같고 잔설의 추위에 그리움의 속내를 꽃잎에 살포시 드러낸 매화가 지천이어 발매發梅라고 이름하였으며, 마을에 매화 꽃잎 숫자만큼 다섯 사람의 훌륭한 인물이 태어난다는 이야기가 전해 내려오고 있습니다. 또한 '세계생태수도섬'으로 지정(선포식 2013.10.31)된 '도초도'의 중심이 된 우리 마을은 '문바위'를 비롯한 산천의 풍광이 한 폭의

산수화처럼 아름다운 곳입니다.

65세대에 4백여 명의 주민이 살고 있던 초가 마을에 오롯이 빛나는 기와집 한 채, 우리들의 선망의 대상이었던 그곳은 그분의 형님 박병채 씨가 살고 계신 그분의 고향집이었습니다. 선도 농업인으로 선정되어 농림부장관상을 수상하기도 한 형님께선 학식과 덕망이 높아 면민들이 따르고 의지하며 존경하는 면장님이셨습니다.

당시에는 1만 5천여 명의 주민들이 살고 있던 제법 큰 규모의 면이었지만, 많은 죽마고우竹馬故友들이 만날 배불리 먹고 싶어 죽마竹馬를 내팽개치고 도회로 도시로 뿔뿔이 흩어져, 이제는 고작 3천여 명의 주민들이 살고 있다고 합니다. 손 모아 기다리던 여름이 찾아오면 반바지 하나에 온몸을 맡기고 불알 딸랑거리며 우리들의 놀이터인 서해가 온통 황금빛 노을이 들 때까지 뛰놀던 철부지 소년들에게도 요즘 명품 배우 비주얼의 귀공자 박홍원 시인은 우리들의 자랑이요 선망의 대상이었습니다.

그분께선 목포사범학교를 마치고 평소 마음에 간직한 뜻을 이루고자 '조선대학교 문학과'에 들어가 학업에 정진하였는데, 평소 그분의 문학적 재능을 눈여겨본 당시 문학과 교수로 있던 시인 김현승의 특별한 지도로 본격적인 문학 수업을 받게 되고, 스승께서 《현대문학》에 추천함으로써 문단에 들게 되었다고 합니다.

학창 시절, 박홍원 시인을 애제자로 가장 아끼셨다는 김현승 시인의 이야기를 전해 들은 저는 곧장 서점으로 달려가 그분께서 우리나라에서 최초로 펴냈다는 『한국 현대시 해설』이라는 서책을 구하여 탐독하며 귀히 간직하였습니다.

경산 박홍원 시인께서는 조선대학교 국어국문학과 교수로 사범대학 학장(1980~1988)으로 후학들을 양성하면서 '원탁시문학회' 동인으로 대표(1988~1991)로 『원탁시집圓卓詩集』, 『원탁시圓卓詩』, 『그대 젖은 영혼을 위하여』 등의 문예지를 발간하고, '한국문인협회' 이사(1995~1997)와 '국제펜클럽 한국본부' 이사(1996~1998)를 역임하는 등 활발한 문학 창작과 연구 활동으로 '국민훈장 동백장'(1999)을 받았으며 생전에 6권의 시집을 펴냈습니다.

제1시집 『설원雪原』(예문관, 1969), 제2시집 『옥돌호랑이』(형설출판사, 1973), 제3시집 『나무 용龍의 웅얼임』(시문학사, 1979), 제4시집 『날개펴는 노거수老巨樹』(예원, 1991), 제5시집 『참대의 시詩』(예원, 1994), 그리고 『박홍원 시전집朴烘元 詩全集』(도서출판 문원, 1999)이 그것입니다. 마지막으로 펴낸 『박홍원 시전집』은 제5시집까지를 5부로 편제編制하여 전재前載하고, 6부에 제6시집 『꿈의 변주變奏』라는 이름으로 제5시집 이후 작품 34편을 싣고 있습니다.

우리네 독자들에게는 현대시의 난해한 시류時流 때문에 그분의 시 또한 시상詩想에 다가서기 어려움이 다소 있었는데 조선대 교수 백수인의 「관용과 화해의 시학—박홍원론」이란 글을 읽고 많은 도움이 되어 그분의 시 세계에 들 수 있게 되었습니다.

김현승은 박홍원의 작품들이 "지니고 보여주는 가치에 상당한 평가를 받아야 마땅하다."면서 그의 시적 특질을 다음과 같이 적시하고 있다. 홍원의 시는 소재를 객관적인 사상事象이나 자연 가운데서 구하면서도, 그 표현 속에 반드시 어떤 삶의 의미를 담고야 마는 것으로 특징을 나타내고 있는 것 같다. 그러면서도 그는 삶의 의미라는 사상적 깊이만에 전념하거나 과열하지는 않는다. 시의 무게를 적당히 이룰 만큼 터치하고 있다. 아마도 그는 사상만을 들입다 파지도 않고, 소재만을 가지고 가볍게 유희하지 않는 것 같다. 말하자면 형식과 내용이 조화된 중용의 길을 지향하는 것이 그의 독자적인 시 세계라고 할 수 있을 것이다.

— 김현승, 「序文」, 박홍원 시집 『雪原』(예문관, 1969) 14쪽

이러한 김현승의 지적은 그의 시가 '사물시'이면서도 단순한 시적 대상에 대한 묘사에 그치지 않고, 항상 철학적 깊이를 지님으로써 형식과 내용이 조화된 미적 질서를 갖추고 있음을 강조한 것이다. 김현승이 파악한 박홍원의 시적 특질은 그의 전 시 세계를 관류하고 있는 바탕일 뿐만 아니라, 그만이 가질 수 있는 시 문법의 틀로 판단된다. 그는 언어 사용면에 있어서도 감정어나 관념어 어느 한쪽에 치우치는 일이 없고, 일상적 언어들을 그대로 쓰면서도 언어의 내포성을 잃지 않음으로써 정서적 감동과 예술적 쾌감을 일으킨다.

— 구창환, 『시詩의 예술성藝術性과 사상성思想性』, 《조대학보》 제7호(조선대, 1974), 94쪽

최근 박홍원 시인께서 남긴 발자취를 찾던 중, 1992년 5월 개관하여 호남 지역의 역사적 유물 등을 간직했던 '조선대 박물관'이 2016년 5월 12일 재개관하여 이제 그곳, 제3전시실(김현승 문학실)에 가면 그분의 귀한 작품들을 만나 볼 수 있다는 사실을 알게 되었습니다.

'2019 광주시 문화예술상' 시상식(2019.12.11)에서는 고故 박홍원

시인께서, 다형茶兄 김현승金顯承 시인의 예술 정신을 이어받아 평생 동안 활발한 문학 창작과 연구 활동을 통해 문학 분야의 창조적 계승과 발전에 기여한 공로를 인정받아 '김현승문학상'을 수상하게 되었는데, 고 박홍원 시인의 따님인 박소영 '휴먼닷컴' 대표가 고인을 대신하여 수상하였으며, 사위 류희성 '가온고등학교' 전前 교장과 조카 박영선 '광주광역시 농협쌀조합' 대표이사(전前 지방 부이사관)가 참석하여 영광된 자리를 빛냈습니다.

이 자리를 빌려 그동안, 박홍원 시인을 향한 애틋한 그리움과 사랑으로 그분과 그분의 시 세계를 기리고 세상에 널리 알리는 데 애쓰고 계시는 백수인 교수와 후학들에게 경의와 심심한 감사를 드립니다.

며칠 전, 길한 예지몽을 꾸고 들떠 있는 시간, 박홍원 시인의 가족으로부터 '광주예총'의 지원으로 그분의 유고 시집을 내게 되었다는 가슴 벅차오르는 기쁜 소식과 함께 유고 시집에 고향 마을 후학으로서의 소회를 올려주었으면 한다는 당부를 받았습니다. 저로선 감히 상상할 수도 없는 당부에 성스러운 유고 시집에 누가 될 수 있다며 극구 사양하다가, 그분을 평생 흠모하고 우러르며 기리는 우리 후학들과 이제 그분을 추억하고 그리워하는 순박한 고향 마을 사람들의 애틋한 사랑을 그분에게 배달하라는 순명順命이라 여기고 소회를 내보이게 되었습니다.

이제 '광주예총'과 그분과 함께하였던 문인들과 학자들, 그분을 추억하며 기리는 후학들의 성심과 사랑으로 그분의 유고 시집이 세상에 태어나면 그 소중하고 귀한 선물을 가슴에 품고 여느 때처럼 평생 그분을 기리고 추억하며 그리워할 것입니다. 그리움은 신이 우리 인간에게 내린 가장 순결하고 귀한 선물이요 으뜸의 가치라고 여기기 때문입니다.

소요유시선 03
무등산 등에 업혀
1판 1쇄 2020년 12월 17일 펴냄

지은이 | 박홍원
펴낸이 | 박윤희
펴낸곳 | 도서출판 소요-You
디자인 | 윤경디자인 070-7716-9249
등록 | 2013년 11월 12일(제2013-000009호)
주소 | 부산시 중구 복병산길7번길 6-22
전화 | 070-7716-9249
팩스 | 0505-115-3044
전자우편 | pyh5619@naver.com

ISBN 979-11-88886-12-8 03810

이 도서의 국립중앙도서관 출판예정도서목록(CIP)은 서지정보유통지원시스템 홈페이지(http://seoji.nl.go.kr)와 국가자료종합목록 구축시스템(http://kolis-net.nl.go.kr)에서 이용하실 수 있습니다.(CIP제어번호 : CIP2020052272)

이 시집은 광주광역시의 문화예술상 창작 활동 지원 보조금으로 제작되었습니다.